LE CONSCRIT

TOURS, IMPRIMERIE DE J. BOUSEREZ.

LE CONSCRIT

TOURS

J. BOUSEREZ, IMPRIMEUR-LIBRAIRE

Rue de l'Intendance, 13 et 16.

1857

I.

LE CONSCRIT

C'est donc bien vrai que vous partez, Jean-Louis ? dit la mère Bonnard, tout en retirant la marmite du feu, parce que l'heure du souper s'approche.

— Hélas ! oui, mère Bonnard.

— Et comment donc que ça se fait ? J'croyais que vous étiez exempté, comme y disent.

— Exempté ! ah ! bien oui ; j'ai eu de la chance ! j'étais de la moitié qui n'partait pas... et v'là qu'il faut partir tout de même ! Mais, que voulez-vous, mère Bonnard ? faut payer son écot au pays.

Et Jean-Louis fait un grand soupir, et regarde du côté de Nanette, ce qui ne lui est pas difficile, parce qu'il est assis juste en face d'elle tout près de la fenêtre. Et voilà qu'elle baisse la tête sur son ouvrage encore plus que tout à l'heure : c'est aussi que le soleil couchant lui donne juste dans la figure : cela la gêne, et elle est obligée de se lever pour aller tirer le rideau à moitié ; et Jean-Louis, qui est tout distrait, ne pense même pas à se déranger pour la laisser passer, de sorte qu'il lui faut faire le grand tour pour revenir à sa place.

— Et qu'est-ce qui va tailler votre portion de vigne pendant qu'vous n'y serez pas? continue la bonne mère, en tirant ses pommes de terre de la marmite, une à une. Seigneur, qu'elles sont chaudes !

— Oh! pour ça, j'ai trouvé un remplaçant facilement; mais ça ne durera que le temps du service, après quoi Monsieur le Comte me reprendra pour son closier : il me l'a bien promis.

— C'est égal, Jean-Louis, ça me fait de la peine que vous partiez.

— A moi aussi, mère Bonnard... Et Jean-Louis fait encore un grand soupir et se renverse sur le dos de sa chaise en élevant en l'air, sans y faire attention, son chapeau de conscrit avec ses longs rubans de toutes les couleurs. (C'est étonnant ! Nanette qui était toute rouge, la voilà toute blanche à présent.)

— Mais comment donc que ça se fait que le père Bonnard n'rentre pas ? V'là le jour qui tombe tout à fait ! on ne peut pas l'arracher d'son travail, c't homme; y a une heure que le petit crie la faim...

Mais où donc qu'il est caché, le petit?...
Bien sûr qu'il s'est sauvé dans les vignes
au-devant de son papa... sans ses sabots
encore... A moins qu'il n'ait pris l'sentier
qui descend à la levée pour s'entrer un
caillou dans l'pied, comme l'autre jour!
Il ne peut pas rester en place, c't enfant?
il vous échappe... c'est comme un lézard!
Et la maman s'élance après lui en lais-
sant derrière elle la porte toute grande
ouverte : c'est heureux ! car il commen-
çait à faire chaud dans la chambre, avec
le grand feu qui faisait bouillir la marmite,
puisqu'on sait bien que, dans les caves,
il ne fait pas du tout froid en hiver, et

que d'ailleurs on n'est pas encore arrivé à la Saint-Martin.

Voilà Nanette et Jean - Louis qui sont restés seuls. Jean-Louis aurait bien quelque chose à dire ; mais il ne peut pas parler. Alors il se décide à tirer tout doucement quelque chose qu'il avait caché dans sa blouse :

— Mamzelle Nanette, v'là un pot de fleurs..... il est venu su' ma fenêtre... c'est moi qui y ai mis le terreau qui l'a fait pousser ; j'crois bien qu'il ne tardera pas à fleurir... Si ça vous faisait plaisir de m'le garder jusqu'à ce que je sois revenu ?...

— Je vous remercie bien, Jean-Louis...

j'en aurai bien soin. Et quand bien même y viendrait à se faner... eh bien ! ça n' m'empêchera pas de l'garder... (C'est tout ce qu'elle peut dire.)

— Et puis, v'là un anneau : c'est l'anneau d'mariage de ma pauvre mère ; je n'sais pas où le mettre... j'ai peur de le perdre : si ça vous faisait plaisir de me l'garder aussi..? Ou bien si vous vouliez vous l'mettre au doigt, j'aimerais encore mieux ça... si toutefois vot'maman n's'y oppose pas.

— J'lui demanderai, Jean-Louis. — Et puis il se fait un grand silence.

— Mamzellè Nanette, vous qui avez été

à l'école et qui avez beaucoup appris,
vous n'pourriez pas me dire à peu près où
ça se trouve, l'Algérie?

— Hélas! non, je ne pourrais pas vous
l'dire, Jean-Louis; mais j'crois que c'est
bien loin..., car le voisin Mathieu, qui y
a son fils, et qui en a reçu une lettre par
l'occasion d'un de ses camarades qui avait
fini son temps... Eh! bien, cette lettre,
elle a bien mis deux mois à venir, et
encore elle était toute noire de pipe. Et
celui qui est revenu de là-bas lui a conté
qu'y fallait passer la mer pour y aller, et
c'n'est pas comme la Loire, la mer; elle
n'est pas tranquille du tout, et y paraît

que ça vous ballotte comme quand j'berce le petit! C'est bien désagréable, et ça vous rend malade, ah! malade!... Après ça y a peut-être un autre chemin pour y aller?

— Faut l'espérer.

Nanette n'a pas tout dit à Jean-Louis, le camarade du fils de Mathieu a raconté bien des choses sur ce pays-là : ces gens-là n'sont pas comme nous; y s'en faut bien; ils ne sont pas du tout contents qu'on vienne chez eux et ils se défendent à coups de fusil, et à la sournoise encore! Mais Nanette ne voudrait pas ôter le courage à Jean-Louis, et Jean-Louis, qui en sait encore plus qu'elle sur ce sujet, ne voudrait pas le lui apprendre ni pour elle ni pour lui.

Mais voilà qu'on entend les sabots du père Bonnard : c'est bien lui qui rentre à pas comptés. Il porte sur son épaule le petit, qui lui bat la générale sur l'estomac avec les talons; c'est le chapeau de Jean-Louis qui le fait penser au tambour.

— Allons, petit, en v'là assez; j'te mets par terre. — Eh ! bonsoir, Jean-Louis; vous v'là ici, à c't'heure?

— Eh ! mon Dieu oui, père Bonnard, et pour vous dire adieu, encore !

— Comment, adieu? Quand donc c'que vous partez ?

— Demain, pas plus tard, et d'bon matin, avant l'jour... ça m'ferait trop de peine de revoir le pays.

— J'comprends ça !... Alors vous allez souper avec nous.

— Souper avec vous? Merci, j'ai pas faim !

— Vous n'avez pas faim?.. à c't'heure? C'est étonnant ; c'est donc que vous êtes malade ?

— Malade, oh ! non : c'est que j'ai mangé un morceau avant de sortir.

— A votre aise. Nanette, mets-lui une chaise, là, tout auprès de moi.

Et le brave homme commence à souper

de bon appétit ; puis, tout à coup, il s'interrompt et dit avec émotion. — Jean-Louis, j'irai voir vot' vigne pendant que vous n'y serez pas, et j'vous en donnerai des nouvelles. Ça vous fera plaisir de savoir si elle pousse et si l'raisin est joli.

— Ça m'fera plaisir, père Bonnard.

— Voyez-vous, Jean-Louis, j'sens bien c'que ça vous fait... Si j'l'avais plantée ; si j'avais fait tous les provins de l'année, et qu'après ça il m'fallût la quitter !... Voilà bientôt vingt ans que j'la soigne... Qu'elle donne ou qu'elle ne rapporte pas, c'est égal, je n'lui en veux pas. Quand un homme fait son devoir, Jean-Louis, ça

lui suffit; il est prêt à tout... Il n'y a pas
plus de deux ans que j'y travaillais, à ma
vigne... et v'là M. le Comte qui vint à
passer, un brave homme, — y en a qui
n'aiment pas les riches et qui n'sont pas de
si braves gens que lui. — Il me dit donc,
et il avait mis ses lunettes; donc il y
avait bien regardé : « Père Bonnard, il
n'y a pas une vigne taillée comme la
vôtre ! » Et moi, qui étais resté là tout
étourdi du coup, j'commençais à lui dire :
« Quand un homme fait son devoir, M. le
Comte... » Mais il avait déjà passé; c'était
malheureux, mais ce sera pour une autre
fois... Eh bien ! Jean-Louis, quand on

s'entend dire des choses comme ça, voyez-vous, ça paie un homme !

— C'est sûr.

Pendant que la conversation finissait, le petit se met à pleurer, parce que sa portion est finie et qu'il a encore faim. Nanette lui passe tout doucement ce qu'elle avait dans son assiette : alors il ne dit plus rien. Après quelques moments de silence, Jean-Louis se met à dire avec un soupir : Père Bonnard, qu'est-ce donc qui a planté le jasmin qui est là au-dessous de la fenêtre et au-dessus du banc ? Jean-Louis ne se souvient pas que c'est bien la vingtième fois qu'il fait cette question au père Bonnard, et le père Bonnard ne se rappelle pas du tout qu'il y a répondu aussi souvent.

— Eh ! mais, c'est Nanette qui l'a planté ; il y a trois ans, pas plus, le jour qu'elle a eu quinze ans, un dimanche. Voyez comme ça pousse ; il atteint déjà le carreau.

— Oh ! j'espère qu'il aura eu le temps de grimper jusqu'au toit, d'ici au jour de son mariage, ajoute la mère Bonnard qui va et vient de la table au bahut : nous ne sommes pas pressés.

— C'est bon, reprend le papa : on ne parle pas comme ça mariage aux jeunes filles ; ça leur dérange l'esprit. Avec ça qu'elle est plus heureuse à présent qu'elle ne l'sera jamais : pas vrai, ma fille ? — Là-dessus, il l'embrasse : Va, ma fille, va coucher le petit frère. Tu vois bien qu'il ne peut plus se tenir : il tombe sur son écuelle... Nanette obéit tout de suite. — Oh ! si Jean-Louis allait s'en aller pendant ce temps-là !... mais non, ce n'est pas possible qu'il parte sans lui dire adieu.

— Si elle lui demandait, cela le ferait peut-être partir... Si elle regardait pour voir seulement s'il va se lever ? Oh ! elle ne sera pas longtemps ! Et voilà que sans se retourner une seule fois, elle tire après elle le petit qui se laisse faire en retournant toujours la tête, lui... — Allons, petit, faut faire ta prière et puis s'coucher; v'là qu'il est nuit, tu vois... — Mais le petit, qui s'est réveillé en marchant, commence à se débattre : J'ai pas sommeil; j'veux pas m'coucher!... J'veux voir l'chapeau à Jean-Louis! laisse-moi aller... — Elle essaie bien de le retenir tant qu'elle peut; mais il se défend des pieds et des mains : enfin il s'échappe, et voilà qu'avec un grand coup dans la porte, qui n'était pas bien fermée, il est hors de la chambre! Au même instant la porte d'entrée, qui donne sur le jardin, se referme très-fort. Nanette reste clouée à sa place : le cœur lui bat très-fort aussi... et les oreilles lui tintent ; elle n'entend plus rien... Combien de temps est-elle restée là , debout, sans savoir où elle était ?.. Quelques secondes , bien sûr ! C'est plus qu'il n'en faut pour être déjà bien loin quand on court vite et qu'on ne veut pas regarder derrière soi...

— C'n'est pas possible, il ne s'rait pas parti sans me dire adieu ! Et pourquoi pas ? Cela vaut peut-être mieux après tout... qui sait?... Il ne sera peut-être pas même rentré chez lui ! Parti tout à fait, mon Dieu ! au moins fait-il clair de lune ? — Elle court à la fenêtre et l'ouvre tout doucement... la lune va bientôt se lever de dessous les nuages ; on voit une lueur déjà derrière les maisons ; mais dans le petit jardin qui sert d'entrée à la cave, et qui va tout droit se perdre dans le chemin qui descend à la levée, entre deux murs, tout est encore dans l'obscurité. Quand la lune éclaire, on aperçoit un petit coin de la rivière qui coule tout en bas, mais le grand noyer du père Mathieu qui dépasse le mur à gauche, met tout dans l'ombre : il n'y a pas un souffle d'air ; il fait lourd comme lorsqu'il va pleuvoir, cela oppresse. Pourtant on entend au loin comme un frémissement, un bruit de pas ; mais non, c'est le barrage de la Loire. — Ah ! voilà la lune qui se lève... comme elle est belle, comme elle brille !... On ne peut pas la voir sans penser au bon Dieu qui nous a donné cette douce lumière pour éclairer tous ceux qui sont en voyage ! Comment donc se fait-il qu'elle brille partout, ici comme au loin ? Il y a tant de choses qu'on ne peut pas comprendre, mais si on les comprenait toutes, on serait comme Dieu. Pourtant il y a des moments où l'on voudrait tout savoir comme lui ; alors il faut le prier ! Oh ! comme cela fait du bien de prier, surtout quand on sent qu'il ne peut pas vous refuser !...

— Nanette, Nanette, c'est pas dimanche

pour faire la veillée, viens prendre la chandelle ! — C'est la voix du papa... — Pauvre Nanette, comme les yeux lui piquent ! mais il ne fait pas bien clair dans la chambre : la maman range ses terrines dans le bahut ; le papa range ses outils dans un coin, le petit est endormi par terre devant le feu qui s'éteint ; Nanette prend bravement la chandelle et marche en avant. Le papa est fatigué et tout pensif ; il l'embrasse en distraction... La maman ne pense qu'à emporter le petit et ne songe pas même à se retourner en lui disant bonsoir ; elle sait qu'il ne faut pas tourmenter les enfants, et que ce brouillard passera au premier soleil.

Voilà Nanette rentrée dans sa chambrette ; elle pose la chandelle sur la table et puis elle regarde autour d'elle... Tout est à sa place comme avant : la table au-dessous du miroir, et sur la table trois ou quatre petits livres, car elle sait lire bien couramment : son livre de Messe que Madame la Comtesse lui a donné le jour de sa première communion, et les autres sont des prix qu'elle a reçus de Monsieur le curé pour son assiduité aux instructions. Heureux temps ! pourquoi le regrette-t-elle ? Pourquoi voudrait-elle être encore enfant ? Elle lève la tête, elle se voit dans le miroir : mon Dieu, qu'elle est pâle ! A quoi cela sert-il, un miroir ?... à faire ses bandeaux bien proprement sous sa cornette du dimanche... du dimanche ?... C'est demain dimanche... pourquoi cela lui serre-t-il le cœur ?... Tout ce qu'un miroir peut rappeler ! Un miroir ? mais elle a mieux que cela : tout près de son lit, une belle image de Notre-Seigneur en croix. Oh ! jamais cette image ne lui avait parlé comme cela... tout ce qu'il a souffert pour nous. Au pied de la croix, la bonne Vierge est tout en pleurs, et tout en bas de l'image, Madame la Comtesse a écrit : « Heureux ceux qui pleurent, car ils seront consolés! » — C'est-il vrai, mon Dieu !... et elle tombe à genoux, oh! comme elle prie !

II.

C'est dimanche, le soleil est resplen-
dissant ; il darde à travers les vitres de la
fenêtre ; il égaie toute la chambre... Tout
est si bien rangé, si propre... C'est la
maman, qui se lève toujours de grand
matin, qui a mis tout en ordre avant
d'aller à la messe. Nanette est restée pour
garder le petit et la maison : c'est son tour
d'aller à la grand'messe, mais il n'est pas
temps encore, il n'est que neuf heures.

La maman n'est pas rentrée ; le papa
est aussi à l'église ; le petit joue dans

le jardin ; et Nanette, qui épluche triste-
ment les pommes de terre pour le dîner
afin d'avoir de l'avance, va donner de
temps en temps un coup d'œil à la fenêtre
ouverte pour voir si le petit est toujours
là... Il ne fait pas de mal ; il fait des petits
tas avec de la terre et il arrache des brins
d'herbe pour les planter dedans. Cette
fenêtre, elle s'y arrête longtemps chaque
fois... Le pot de fleurs est en dehors au
soleil... il a fleuri cette nuit. — Oh ! que
ça fait peine ! Jean-Louis l'avait bien dit
qu'il ne tarderait pas. Ce banc, qui est
au-dessous de la fenêtre, devant le jasmin,
c'était là qu'il venait s'asseoir tous les

dimanches à côté du père Bonnard ; car le père Bonnard, c'est son délassement de passer le dimanche sa journée sur ce banc. Et vraiment il a une jolie vue, une échappée sur la Loire entre les deux murs du chemin ; il ne passe pas un bateau qu'il ne le prenne au passage. L'été, le grand noyer du père Mathieu lui donne un peu d'ombre ; l'hiver, il a le soleil du midi ; ça réchauffe quelques plantes qu'il a en pot, là sous les yeux, en avant de la porte : il les a unies par une grande baguette, ça fait comme l'anse d'un panier. — Dès que le soleil se couche, on les rentre. — Il a encore devant lui deux ou trois petits carrés de légumes ou le terrain pour les faire..., tout cela le contente. Et puis on reparle des travaux de la semaine : ça vous les remet en mémoire. Jean-Louis ne se lasse jamais de l'écouter : il s'instruit. C'est étonnant qu'un si jeune homme prenne tant de plaisir à entendre parler le père Bonnard qui ne dit jamais que des choses raisonnables, tandis qu'il pourrait aller au village et s'amuser dans la société des jeunes gens. Quelquefois l'honnête closier s'endort en racontant, c'est permis, c'est jour de repos. — Eh bien ! Jean-Louis ne s'en va pas pour cela ; il attend tranquillement que le père Bonnard se réveille, et pendant ce temps-là il fait sauter le petit sur son genou, ou bien il réfléchit, car il réfléchit beaucoup, Jean-Louis.

Certainement on ne peut pas dire que c'est pour voir Nanette que Jean-Louis vient passer ainsi la meilleure partie de la journée sur le banc du père Bonnard, car elle est partie pour vêpres encore bien avant qu'il ne soit arrivé. Il faut bien qu'elle ait le temps d'aller dire le bonjour à sa tante qui demeure à l'entrée du village et qui ne veut jamais la laisser partir. Puis, après vêpres, ce n'est pas rare qu'elle entre chez la sœur de M. le curé, qui est bien bonne pour elle, et lui donne de l'ouvrage et plus souvent des conseils ; et Nanette les suit bien volontiers, car c'est une sainte fille. Elle va aussi de temps en temps au château, car Madame la Comtesse s'intéresse beaucoup à elle et s'informe toujours si elle a de l'ouvrage et lui en fait donner quand elle n'en a pas. Il est donc bien cinq heures et plus quand elle revient à la maison. Jean-Louis est déjà debout, prêt à s'en aller ; le papa est toujours assis, les bras croisés sur la poitrine : — Allons, te v'là revenue ; c'est bien... Ta tante se porte bien ?

— Elle se porte bien, et elle vous dit bien des choses.

— Allons, c'est bien ; va , ma fille , va aider à ta maman à préparer le souper.

Nanette, qui a fait bonjour à Jean-Louis en arrivant, lui fait encore bonsoir avant de s'en aller : et puis Jean-Louis reste encore debout, et le père Bonnard continue sa conversation. Mais tout à coup Jean-Louis fait un mouvement : c'est le signe qu'il va partir. Ce n'est pas que le père Bonnard ait fini son raisonnement ou qu'il n'ait plus rien à dire : c'est que Jean-Louis a aperçu le cousin François et qu'il ne peut pas le souffrir; il y a bien quelques raisons pour cela.

Le cousin François est un des plus

méchants sujets du village… Jamais son père, qui est un brave homme, n'en a pu rien obtenir.

Parce que son père a du bien, il croit qu'il doit s'amuser à ne rien faire ; aussi les mauvaises pensées lui croissent en proportion des jours d'oisiveté. Il aime à nuire et il fâche ses camarades par une méchante gaieté qui lui vient du plaisir d'avoir nui. Son père ne lui demandait pas autre chose que de travailler à son propre champ, et lui n'a pas de honte de voir travailler son vieux père et à ne pas lui tenir compagnie : un homme comme cela ne peut pas aller à Jean-Louis. Aussi du plus loin qu'il l'aperçoit, il prend son chapeau, et le père Bonnard, qui connaît la manœuvre, s'arrête tout court : Ah ! voilà le vaurien! Seigneur, que la défunte en eût eu du chagrin ! — Et Jean-Louis est déjà loin que le père Bonnard n'a pas encore eu le temps de dire : Bonjour, neveu.

Il ne lui fait pas encore trop mauvaise mine, parce qu'il est l'enfant unique de sa belle-sœur, qu'il aimait beaucoup, et qui est trépassée avant d'avoir vu pousser cette mauvaise herbe. C'est ce qu'il dit souvent à sa femme, en soupirant.

Il y a des gens qui lui ont dit quelquefois : A quand le mariage de Nanette avec son cousin ? — Mais le père Bonnard aime trop sa fille pour vouloir la donner à un si méchant garçon, quoiqu'il sache bien que c'était le désir de la défunte.

D'ailleurs le cousin François n'en voudrait pas pour sa femme. Elle n'est pas assez belle ; et puis il est riche, lui, et il ne voudrait pas épouser une fille qui n'a pas un morceau de bien. Aussi quand il vient chez l'oncle, ne prend-il même pas garde à elle ; et elle ne le trouve guère aimable. Et puis elle se souvient de toutes les niches qu'il lui a faites quand ils étaient enfants tous les deux : il lui cachait son panier

quand elle allait aux provisions ; et quand
elle revenait à la nuit tombante, il se
mettait derrière un mur pour lui faire
peur. Enfin ils ne se parlaient guère. Il n'y
a que depuis que François a découvert,
je ne sais comment, que Nanette et Jean-
Louis avaient du goût l'un pour l'autre,
qu'il s'est avisé de faire attention à sa
cousine. On ne peut pas dire que Nanette
soit jolie ; elle a une toute petite figure,
et puis, comme elle baisse toujours les
yeux quand on la regarde, on ne peut pas
voir de quelle couleur ils sont, ses yeux.
Mais elle est si gentille, si propre, si bien
ajustée ; elle a de si bonnes pensées sur

le visage, qu'on ne peut pas s'empêcher de l'aimer : au moins les gens qui ne sont pas comme le cousin François, car ce n'est pas cela qui l'impressionne le plus.

Ce qui fait donc qu'il est devenu plus aimable pour elle, c'est d'abord parce qu'elle reçoit Jean-Louis mieux que lui, et puis, parce que, lorsqu'il faisait le fier et ne faisait pas semblant de la regarder, cela ne lui faisait rien du tout. Et maintenant qu'il a changé de manière, cela ne lui fait rien non plus : elle le reçoit de même, ni mieux ni plus mal ; cela le pique.

Nanette est rentrée de Vêpres, elle est

pâle ; ses amies, qu'elle a rencontrées, lui en ont fait la remarque : cela l'a peinée, et elle avait le cœur si gros qu'elle a manqué pleurer en leur répondant. Mademoiselle Anette, la sœur de M. le curé, ne s'en est pas aperçue ; mais Madame la Comtesse l'aurait vu tout de suite, et elle n'a pas osé aller au château ce dimanche-ci. Elle est donc rentrée un peu plus tôt que de coutume.

Le père Bonnard aussi, lui, a quitté son banc un peu avant l'heure, et il est rentré dans la chambre en se plaignant qu'il faisait froid. Le neveu ne l'a donc pas trouvé dehors en passant pour aller au village ; alors il est entré dans la maison, d'autant plus qu'il était curieux de voir quelle figure faisait Nanette : Nanette mettait le couvert pendant qu'il faisait encore clair ; mais pas assez pour bien voir la figure des gens.

Alors le cousin François, qui sait où elle s'asseoit d'habitude, se met juste à la place où était Jean-Louis, hier, près de la fenêtre : cela fait mal à Nanette, et elle fait si bien qu'elle est toujours occupée à quelque chose et ne s'asseoit pas tout le temps qu'il est là.

— Eh bien ! cousine, vous n'irez donc pas au bal ce soir ? dit le cousin, qui voit bien qu'elle ne parlera pas d'elle-même.

Nanette rougit à cette méchante question : François sait bien qu'elle n'y va jamais, au bal ; on voit donc assez son intention. Mais la maman la tire d'embarras et répond pour elle : Nanette, au bal, eh bien ! v'là une belle demande. Est-ce donc que vous l'y avez jamais vue ?

— Pas encore, mais ça viendra.

— Comment, ça viendra ?

— J'veux dire, quand le goût lui en viendra.

Il saura bien l'y faire aller, lui ; et il sourit malicieusement comme quelqu'un qui en a trouvé le moyen.

— Quand elle ira au bal, c'est qu'elle n'aura plus d'obéissance à ce que lui dira sa maman, et, Dieu merci, ma fille n'a jamais eu deux volontés : je ne l'ai pas élevée pour cela. Dieu merci, elle travaille toute sa semaine sans s'ennuyer au travail, et avec la bonne conscience, on n'a pas besoin d'aller au bal pour se réjouir le dimanche. Dieu merci, elle ne s'ennuie pas chez nous !

— Comment donc qu'ça se fait qu'vous avez pas l'air plus gai, Nanette ?

— Allons, en v'là assez, neveu, dit le papa qui commence à se fâcher à son tour. Si vous n'avez pas mieux à dire que mieux à faire, c'est pas chez nous qu'il faut venir s'attaquer.

— Vous fâchez pas, l'oncle; avec ça que je n'suis pas un saint; bonsoir, l'oncle. Avec ce peu de paroles il a déjà radouci le closier, dont la colère ne tient pas au souvenir de la belle - sœur. Et comme François répète encore : bonsoir, et vous êtes pas fâché, il commence sa retraite de côté et rase la fenêtre... Mais voilà que la manche de sa blouse rencontre le pot de fleurs et qu'il fait un mouvement brusque qui le jette à terre. — Ah ! mon Dieu, mon pauvre pot de fleurs, s'écrie Nanette : elle se précipite au bruit. Hélas !

le voilà tout en morceaux ; le terreau répandu çà et là, la fleur froissée, et le cousin qui fait un gros rire. Oh ! oh ! oh ! je n'savais pas être si maladroit ! Mais la pauvre Nanette n'entend rien : elle est à genoux à terre, recueillant tous ces débris, et son cœur qui était si gros depuis le matin, déborde à cet instant.

— Comment, cousine, est-ce que tu pleures, par hasard ? Est-elle sensible, mon Dieu ! Je n'te savais pas si attachée à ce pot de fleurs ; il n'était déjà pas si joli, vraiment ! J't'en achèterai un en faïence, à la foire, j'te l' promets : allons, console-toi.

Mais un regard courroucé du père Bonnard l'arrête tout court ; et la maman, qui
est penchée à terre pour aider sa fille,
murmure à demi-voix : Pas de cœur !

Le cousin est parti : Nanette s'est sauvée
dans sa chambrette, emportant ses chers
morceaux pêle-mêle avec le terreau dans
son tablier ; la maman a fait un soupir et
s'est remise à ses occupations. — Le père
Bonnard est tout ému du chagrin de sa
fille. Il ne dit rien ; mais il s'en va tout droit
au cellier où il met sa propre vendange ,
et choisit dans sa réserve un beau pot de
fleurs tout neuf qui n'a pas encore servi.
Il est un peu plus grand que l'autre ; mais

c'est égal : on y ajoutera un peu de terre;
ça reviendra au même. Quand il entre
chez Nanette, il la trouve debout devant
sa commode, elle regarde les morceaux et
elle pleure.

— Tiens, ma fille, en v'là un pot de
fleurs. N'te désole pas, v'là qu'c'est
réparé.

Elle le remercie bien, et comme il sort
lentement de la chambre, il dit à demi-
voix : Comme ça se fait de la peine pour
peu de chose, les enfants!.. C'est comme
une réflexion qu'il se fait à lui-même.

Et pourtant, quoique le papa ait eu une
bien bonne pensée, ce n'est pas ce qu'il

vient de lui apporter qu'elle regarde, la pauvre enfant, mais toujours ses chers morceaux, et ses larmes ne tarissent pas.

— Oh! c'est un signe de malheur, bien sûr.

A cette pensée ses pleurs redoublent.

Pourtant quelque chose de moins fragile lui est resté: l'anneau ne se cassera pas, il est à son doigt, sa maman l'a permis : elle n'y a pas vu de mal, à condition qu'elle prierait tous les jours pour celle qui le portait avant elle; ce qu'elle, Nanette, était bien disposée à faire.

Il faut pourtant se décider à transplanter la fleur, et la revoilà sur la fenêtre; mais ce n'est pas la même chose.

Les jours se passent, et quand on a du cœur, on se remet au travail, et le temps n'est pas long pour ceux qui s'occupent. Oui, les jours passent plus vite, et ils sont moins tristes qu'on n'aurait pu le croire.

Et puis, Nanette a appris bien des choses chez sa tante, où elle va tous les dimanches. Il se trouve que le camarade du fils de Mathieu, celui qui est revenu d'Algérie, est une des connaissances de la tante ; il s'est rencontré chez elle avec Nanette, et par un heureux hasard la tante l'a fait parler sur l'Algérie. Et, d'après tout ce qu'il en rapporte, ce n'est pas un

pays triste comme elle se l'était figuré :
il y fait même très-beau et trop chaud ;
on ne peut pas tenir au soleil, mais cela
vaut mieux que la gelée ; les orangers y
viennent en pleine terre , et toutes sortes
de fruits qui ne mûriraient pas dans
nos climats. Il y a des villages comme
chez nous ; on y trouve aussi des villes,
un peu comme à Tours. Avec ça qu'on
n'est pas toujours en campagne à porter
le fusil ; s'il y a de mauvais jours , il y en a
de bons ; et puis, nous sommes les plus
forts !.. c'est toujours une bonne chance.
C'est vrai qu'il faut passer la mer pour y
aller, et que cela surprend , mais c'est à

la vapeur, et souvent la mer ne bouge pas ; et puis c'est amusant, on ne voit que de l'eau, rien que de l'eau. Et le bateau file là-dessus, avec ses deux roues, comme qui dirait un gros poisson avec ses nageoires. Enfin les nouvelles vous viennent de France en dix jours ; et ce qui fait que la lettre de Mathieu a mis si longtemps à arriver, c'est que celui qui l'apportait est venu en partie par étapes depuis Marseille, et qu'il s'est arrêté deux fois en chemin chez des amis, une fois quinze jours et une fois huit.

Nanette a repris courage, elle espère bien que Jean-Louis ne tardera pas à donner de ses nouvelles au père Bonnard, et qu'il aura soin d'écrire de temps en temps. Comme cela, les années passeront comme les jours, plus vite qu'on ne l'aurait cru d'abord. L'ouvrage ne manque pas, grâce à Dieu ; mais les dimanches sont toujours tristes, excepté les heures qui sont employées pour le bon Dieu.

Il vient même à la closerie, ce jour-là, plus de visites qu'autrefois. Le cousin François continue les siennes, et, comme il est plus aimable, on ne craint plus tant de le voir entrer ; mais on n'en cause pas davantage avec lui. On a quelquefois aussi celles d'Agathe la repasseuse, et celles-là ne font pas non plus grand plaisir à la mère Bonnard. Tous les états sont bons, mais quand on est curieuse, indiscrète et d'un caractère jaloux, il est dangereux d'aller de maison en maison, et de savoir toutes les nouvelles du village. Agathe est un peu plus âgée que Nanette, c'est une belle fille, mais elle a l'air dur et orgueilleux. On la craint, et Nanette seule, qui est douce comme un agneau, ne sent pas les traits qu'elle lui lance sans en avoir l'air.

— Y a bien longtemps qu'on ne vous a vue, mam'zelle Agathe? lui dit la mère, la première fois qu'elle la voit entrer quelque temps après le départ de Jean-

Louis. — Que voulez-vous, mère Bonnard, c'est qu'on est occupée, c'est qu'on a de l'ouvrage plus qu'on n'en peut faire, c'est qu'on est toujours employée.

Nanette ne l'est pas toujours, elle ; et elle rougit sous le regard d'Agathe. Pourquoi ? Je n'en sais vraiment rien. — C'est que vous êtes heureuse, mam'zelle Agathe. — Et bien habile, ajouta la bonne Nanette. — Oh ! pour ça, je n' dis pas. Et toi, Nanette, est-ce que c'est l'ouvrage qui fait qu'on n' te voit nulle part ?

— Dieu merci, Nanette en a toujours, répond la maman tout animée, et quand il n'y en a pas au dedans, il y en a toujours au dehors. Nanette s'emploie à tout, aux lessives comme au repassage. Dieu merci, je ne l'ai pas élevée pour être une demoiselle.

— Ça vous ferait donc bien de la peine qu'elle en serait une ? dit malicieusement Agathe. Elle pense bien que le reproche s'adresse à elle, qui dépense à s'ajuster tout ce qu'elle gagne.

Chacun son métier, dit la maman. Tout l'monde peux pas être pareil ; ça s'comprend.

— Ah ! vous trouvez ça qu'on peut pas être pareils ! Pourquoi donc est-ce qu'on se donnerait toute la peine quand les autres ont tout à souhait sans se déranger ?

— Ah ! dit Nanette tout émotionnée, vous croyez comme ça que les dames ne s'en donnent pas, de la peine ! Eh bien ! la fille de Madame la Comtesse, elle est occupée depuis le matin jusqu'au soir, et plus que si elle allait à l'école, et elle apprend toujours.

— Oui, mais c' qu'elle apprend, ça n' sert à rien.

— Comment ça n' sert à rien ? Ça lui sert, à elle, pour des choses que nous n'savons pas ; sans ça pourquoi est-ce qu'elle se fatiguerait ? Et puis, voyez-vous, j'ai entendu dire à Madame la Comtesse que tout le monde travaille dans ce monde, et que le travail de l'esprit n'est pas le plus léger. Et que tout le monde est travaillé, riches et pauvres, de peines et de soucis. Quand il n'y aurait qu'à savoir qu'il y a des gens qui vous accusent sans vous connaître!... Ah! mon Dieu, si j' savais qu'il y eût des gens qui me voulussent du mal quand je leur veux du bien, Dieu que ça me ferait de peine!

Agathe est un peu mortifiée; elle ne sait trop que répondre, alors elle change le sujet de la conversation :

— Eh bien! on peut s'occuper; mais alors ça n'empêche pas non plus de s'amuser un peu; il n'y a que Nanette;

elle a toujours l'air si sérieux... C'est donc vous, mère Bonnard, qui lui défendez de venir avec nous le dimanche, elle se mariera qu'elle n'aura pas encore été au bal.

— Ça n'est pas nécessaire non plus d'aller où c' qu'il ne va que les filles coquettes et les mauvais garçons.

— C'est pour moi qu'vous dites ça ?...

— C'est pas pour vous, mam'zelle Agathe, mais c'est sûr que si j'étais vot' maman, je n'vous y laisserais pas aller, au bal !

— Heureusement qu'elle n'est pas comme vous, maman. Après ça, pour moi, n'y a pas tant d'inconvénient ; j'sais bien empêcher qu'on n'me dise rien qui n'me convienne pas. Mais Nanette, elle n'a pas d'assurance.

— Bien sûr que je n'saurais pas répondre, dit Nanette.

— Avec ça faut pas avoir l'air à part ; ça fait tenir des propos. Est-ce qu'ils n'disent pas qu'c'est parce qu'elle n'a pas de quoi s'habiller qu'elle n'y va pas !

— Ah ! y disent ça, dit la maman tout en filant la soie qui se mêle toujours, et cela lui donne des impatiences.

— J'ai beau leur dire que c'n'est pas vrai ; que le père Bonnard a une bonne closerie : vous savez, on ne peut pas empêcher les gens de parler, continue Agathe, parce qu'elle voit bien qu'elle a piqué la maman au vif.

— Faut les laisser dire ; faut mépriser la méchanceté !

— Oh ! c' n'est pas tout ; si c' n'était qu'ça ?... N'disent-ils pas encore qu'c'est parce que Jean-Louis est parti et qu'elle est sa promise, qu'elle se cache pour qu'on ne la demande pas en mariage, et puis qu'elle porte son deuil avant qu'il soit mort. Mais j'leur ai dit qu'c'étaient des bêtises, et qu'Nanette n'était pas si sotte que d' s'engager à épouser un soldat qui a ses sept ans à faire, si toutefois y revient !

Pauvre Nanette, il faut entendre tous

ses propos, baisser la tête et ne rien répondre. Elle se souvient bien qu'il y a quelques jours elle passait devant Agathe et une de ses amies; qu'elles étaient arrêtées à causer avec François et d'autres, et qu'elle avait cru saisir quelques-unes des mauvaises plaisanteries de son cousin; que pour sûr elle avait entendu le gros rire de François, et qu'elle avait cru qu'Agathe avait ri aussi, mais elle voit bien maintenant qu'elle s'est trompée et qu'au contraire Agathe a pris sa défense. Nanette, Nanette, c'est un tort d'avoir trop de confiance. S'il ne faut pas penser de mal des gens, il est prudent de ne pas toujours croire au bien quand votre conscience vous avertit de prendre garde à tel ou tel caractère.

— Ah bien ! perd-on du temps à causer ! voilà que j'oublie l'heure, et ma bonne maman qui attend les cocons... Adieu, maman Bonnard et Nanette, à revoir ; j'me sauve !

La maman ne parle plus : elle file toujours la soie, Nanette fait une blouse au petit ; mais voilà qu'elle a cousu une manche à l'envers et qu'il faut recommencer, ça n'sera pas pour aujourd'hui. Voilà déjà qu'on n'y voit plus : il est trop tôt pour allumer la chandelle ; alors elle sort pour aller cueillir des haricots, et, elle croise le papa qui rentre de la vigne bien las. Il se jette sur une chaise, et, contre son ordinaire, la mère Bonnard, qui est assise de l'autre côté du feu, toujours à filer, ne lui dit pas un mot : elle est toute à ses réflexions.

Enfin au bout de quelque temps que le père Bonnard a fait ah ! ah ! et, en v'là assez ! il commence à s'ennuyer qu'on n'lui dise rien et il se décide à rompre le silence, ce qu'il ne fait jamais le premier, d'habitude : — Eh bien ! ma femme, te v'là bien en dedans aujourd'hui ?.. Est-ce que tu ne m'as pas entendu entrer ?

— N'disent-ils pas que Nanette n'a pas de quoi s'habiller et qu'c'est pour ça qu'elle n' va pas au bal? Est-on méchant, mon Dieu !

— C'est ça qui te tourmente? qu'est-ce que tu as à faire à c'qu'ils disent ?

— Tu prends la chose comme ça ; les hommes, y sont drôles ! Tu ne fais donc pas réflexion que ça l'empêchera de s' marier.

— Comment , qu'ça l'empêchera de s'marier ?

— Oh bien ! la mauvaise honte de prendre une femme qui n'a pas seulement une robe un peu belle.

— Je n'te comprends pas, dit le père Bonnard, et il se croise les bras et la regarde. Qu'est-ce que ça peut faire à un homme? Vois-tu, à mon avis, ça n' prouve qu'une chose... Une femme qui n'a pas comme ça des mises voyantes, ça prouve qu'elle ne dépense pas son argent à ça... Et puis, c'n'est pas là la raison. Vois-tu, Annette, quand j't'ai épousée c'est que j'm'étais dit : voilà une fille que je vois passer tous les jours de grand matin à la même minute; c'est une travailleuse. Ses parents ne manquent de rien vu la peine qu'elle se donne; elle sera une bonne ménagère. Et puis Monsieur l'Curé d'alors en qui j'avais mis ma confiance et qui m'avait appris mon catéchisme, m'avait bien répondu de toi : ce qui fait que j'avais déjà arrêté mon dessein que j'n't'avais pas encore bien regardée. Mais comme il me fallait te demander ton consentement, ce n'est qu'alors dans la conversation que j'eus avec toi sur ce sujet, que je vis avec plaisir que ta figure répondait à l'idée que j' m'étais faite de ton caractère.

— Parce que tu es comme ça, toi ! un homme qui n'a pas son pareil, tu veux qu' les autres soient désintéressés, — tu n' sais donc pas que l'monde est bien changé ?

— J'vois pas ça.

— J'veux dire leurs idées.

— Pourquoi que leurs idées change-
raient quand le monde reste toujours à la
même place ? L'été est l'été, l'hiver est
l'hiver ; un honnête homme est un honnête
homme ; une brave femme est une brave
femme. Je n' vois pas pourquoi Nanette ne serait pas comme toi ; donc je
n'vois pas pourquoi est-ce qu'elle n'en
trouverait pas un comme moi.

— Mais si on venait te dire qu'elle
porte le deuil de Jean-Louis avant qu'il
soit mort ?

— Ah ! pour cette fois je m'fâcherais,

vu qu'il n'est pas son mari et qu'on n'a pas le droit d'en parler,

— Eh bien ! v'là ce qu'on dit, et tout ça parce que Nanette ne fait pas comme les autres et que ses parents aussi sont trop difficiles ! Après tout, quand elle irait une fois pour y regarder, là ; elle n'y reviendrait pas, j'la connais. Eh bien ! on ferait taire les gens. En passant là elle y entrerait une minute... Et puis est-ce que je n'pourrais pas l'accompagner ?

— Oh ! pour ça, je n'te l'permettrai jamais ! qu'on dise que ma femme a été au bal et qu'elle a des idées de jeunesse. Une enfant, ça entre par curiosité,

encore passe , ça n'a pas de conséquence :
pourtant j' ne suis pas d'avis qu'elle y
aille toute seule.

— Et toi , Bonnard , tu n'voudrais pas
comme ça aller avec ta fille ?

— Tu n'y penses pas, Annette, on n'est
pas arrivé à mon âge pour compromettre
son caractère à se montrer dans un en-
droit où c' que l'on s'amuse ; tu vois bien
qu'elle ne peut pas y aller.

— Y m'vient encore une idée : si elle y
allait avec sa tante, ta sœur. C'est elle qui
aime bien à voir la jeunesse s'amuser, elle
n'y aurait pas d'objection , vu qu'elle n'est
point mariée et qu'elle est d'un âge mûr ;

elle y conduirait Nanette bien volontiers, j'en réponds !

— Eh bien ! si elle y consent, j'y consens : c'est une femme qui a du sens ; elle ne ferait pas une chose où il y aurait à redire.

Voilà la chose arrangée, et la mère Bonnard bien contente ; y seront bien attrapés, ceux qui lui veulent du mal ! Pauvre mère, ne voyez-vous pas leur ruse ? Ah ! ce n'est pas là qu'il faut mettre votre amour-propre, à voir votre fille bien mise et à ce qu'elle soit approuvée des gens que vous n'approuvez pas, vous, car vous avez trop de cœur.

Consultez les anciens , les braves gens ; ils vous diront tous que ce qui fait l'éloge de Nanette, ce qui fait qu'on en dit tant de bien , c'est précisément qu'elle ne se mêle pas à tout ce qui est répréhensible, qu'elle est économe , modeste, propre à faire une bonne ménagère comme vous l'avez toujours été, mère Bonnard. Et quand on dirait qu'elle est promise à Jean-Louis, le grand mal ! Et quand bien même elle ne l'épouserait pas, cela ne peut que lui faire honneur, car il a , lui aussi, l'estime des honnêtes gens , et s'il oubliait Nanette, à qui d'ailleurs il n'a rien dit, en quoi cela pourrait-il lui nuire , à elle ? ce serait lui qui aurait changé et non pas elle, et cela n'empêcherait personne de l'épouser.

Vous voilà décidés, bons parents, sur les propos d'une méchante fille qui veut lui nuire et qui sera bientôt, dit-on, la femme de François; cela ne doit-il pas vous ouvrir les yeux, et ne voyez-vous pas d'où vient le piége?... — Vous êtes décidée, bonne mère; mais comment déciderez-vous Nanette à aller au bal et de plus en l'absence de Jean-Louis, et pendant qu'il est exposé à tous les dangers? — Cependant vous avez tout crédit sur elle : ce que vous voulez, elle le veut; ce que vous trouvez bien, elle le trouve bien.

Il y a une chose à dire cependant : vous ne pouvez pas sentir comme elle au sujet de Jean-Louis, et si Nanette vous disait courageusement ce qu'elle a dans le cœur, bonne mère, vous ne la contrediriez pas. Mais Nanette est timide ; c'est un défaut, lorsque la timidité va jusqu'à la faiblesse. — Elle n'ose pas dire à sa mère jusqu'à quel point l'inquiétude au sujet de Jean-Louis lui pèse sur le cœur ; qu'elle est bien décidée à ne pas se marier qu'il ne soit revenu. C'est vrai qu'il ne lui a rien dit ; mais elle en sait bien le motif : elle l'a deviné. Jean-Louis ne pouvait pas lui demander de l'attendre, puisque sa vie ne lui appartient pas ; il ne sait pas d'ailleurs jusqu'à quel point elle... Pauvre Nanette, oh ! dites tout à votre mère ! est-ce qu'elle ne mérite pas votre confiance ; est-ce qu'elle vous a jamais grondée, est-ce que vous méritez de l'être ?... Non, mais ce qui est répréhensible, c'est de ne pas céder à la voix qui vous dit que le pauvre Jean-Louis est triste, lui, et qu'il ne croirait jamais que vous allez au bal en son absence. Non, il ne l'aurait pas approuvé ; l'idée même ne lui serait pas venue que cela fût possible.

Elle ira cependant le dimanche suivant, mais bien à contre-cœur ; si fort à contre-cœur, que lorsqu'elle arrive chez sa tante et que la tante lui demande si elle est bien contente, elle est prête à fondre en larmes.

La tante, elle, est toute joyeuse; c'est vrai qu'elle aime qu'on s'amuse et qu'elle n'est pas fâchée d'avoir un prétexte pour aller voir un peu comment c'est fait, le bal. De mon temps, dit-elle, on n'y mettait pas tant de façons; on dansait sous la feuillée, à l'air et souvent à la pluie; mais on ne s'en amusait que mieux.

— La tante n'y voit pas à mal au bal, et de son temps cela se comprend : on ne dépensait pas tant d'argent à s'ajuster pour danser des rondes de gaîté de cœur avec les mamans tout autour, et Monsieur le Curé, qui parfois venait y regarder en sortant de l'église, après les offices, et ne manquait jamais de dire en s'en allant : Allons, mes enfants, amusez-vous : après avoir bien prié, ce n'est que juste.

La tante a donc mis son beau tablier de soie noire ; car elle est à son aise, vu qu'elle a toujours bien travaillé soit aux champs, soit dans la maison ; n'importe. Elle est entendue à bien des choses, et maintenant elle a un petit jardin à fruits qu'elle cultive elle-même ; car elle ne saurait rester assise toute la sainte journée sans rien faire ; et ses arbres lui donnent un bon petit produit qui ajoute à son aisance.

Nanette a aussi une plus belle robe que de coutume, de la dentelle à son bonnet ; mais elle n'en est pas plus fière, et n'en marche pas la tête plus haut, comme font bien d'autres filles du village, quand elles passent à côté d'une qui n'est guère bien mise. Cela a fait même beaucoup de peine à Nanette, de voir sa maman tirer de son épargne de quoi lui acheter cette robe : il y a tant d'autres choses dont on avait besoin, sans compter la vache qui vieillit et qu'il faudra bientôt remplacer.

— Au moins je n'danserai pas, dit-elle à

sa tante, tout en ralentissant le pas comme si elle avait honte d'avancer à mesure qu'elle approche.

— Comment ! te v'là déjà à te repentir d'avoir eu c't' idée ? Bah ! il n'y a pas d'embarras à ça, ma fille ! T'es jeune ; c'est tout naturel.

— On dit qu'il faut faire comme les autres, répond timidement Nanette ; c'est pour ça que j'veux y entrer avec vous, mais je n'veux pas danser ; j'aime mieux regarder.

— C'est ça qui sera drôle que tu fasses comme les vieilles ! Enfin, comme tu l'entendras ; je n'veux pas te contrarier.

On entend le bruit de la danse et du violon, et la première personne qu'on aperçoit en entrant, c'est Agathe. — Ah! v'là Nanette! tiens, Nanette, tu t'es décidée? Ah bien! à la bonne heure! Justement v'là qu'on recommence.

— Oh! mais je n'suis pas ici pour danser!

— Pourquoi donc que tu y es si c'n'est pas pour danser? Vas-tu pas te cacher derrière ta tante?

— Allons, cousine, dit François qui paraît tout-à-coup: j't'invite, et ça n'serait pas honnête de refuser ton parent.

— Allons, va donc, dit la tante; vois-

tu, si tu as c't'idée, aurait mieux valu ne
pas venir.

— Allons, allons ; elle ne demande pas
mieux, dit François ; et il la prend par la
main et la tire en avant, bon gré, mal gré.
Place à ma cousine ! tu vois bien qu'tu
aurais fait manquer la danse ; n'y avait
pas l'nombre.

Nanette est tout étourdie ; elle avance,
elle recule. François lui parle à l'étourdir
encore davantage. — Agathe veut se mêler
de lui apprendre les figures, comme on les
appelle ; elle lui secoue le bras chaque
fois qu'elle se trompe ; et si fort, que dans
le moment où l'on va finir et où la danse

est le plus animée, l'anneau, l'anneau
que Jean-Louis lui a donné, l'anneau de
sa mère qui n'est plus, lui glisse du doigt,
car il était un peu large; et Nanette ne
s'en aperçoit pas, tant elle est préoccupée;
mais quelqu'un l'a ramassé pour sûr;
quelqu'un qui reconduit à sa tante, d'un
air de triomphe, la pauvre Nanette toute
suffoquée, toute tremblante!

— Ma tante, ma tante, j'en ai bien
assez; allons-nous-en, je vous en prie.

— Et moi aussi! Fait-il une chaleur ici!
comme on s'étouffe, v'là un beau plaisir!
A la bonne heure, de mon temps!

III

Trois mois se sont écoulés : en trois mois que de changements peuvent survenir, et Nanette, elle, est bien changée !

Elle qui, à dix-huit ans, avait l'air d'en avoir seize, a pris des années : non pas qu'elle ait vieilli, mais à la douceur de son regard qui annonçait celle de son caractère, douceur qui allait jusqu'à la faiblesse, et ne lui permettait pas d'avoir un avis, a succédé une expression ferme et une volonté calme : on voit qu'elle a fait un sacrifice.

Jean-Louis est de retour, à la surprise de tout le village; Jean-Louis a trouvé un remplaçant, et ce remplaçant, c'est François. Personne n'y comprend rien, on tâche de s'expliquer une chose aussi étonnante. Il y a des gens qui disent et qui croient le savoir, que François a reçu une telle gronde de son père, un jour qu'il avait perdu à jouer une somme assez forte, qu'il n'aurait jamais osé rentrer dans la maison. Car ce père avait eu de la patience; mais il était à bout, et l'on savait qu'il ne revenait pas sur un parti pris. Cette somme, il fallait la payer, et François, qui ne savait où donner de la tête, s'était décidé pour la seule chose honorable qu'on lui eût jamais vu faire, c'était de se faire soldat.

Comment il avait été à Paris ; comment il y avait rencontré Jean-Louis, dont le régiment n'avait pas encore quitté la grande ville ; comment il avait eu l'idée de s'adresser à lui et de remplacer quelqu'un qu'il n'aimait guère, c'est ce qu'on ne sait pas. On pense que le premier de sa connaissance qu'il a rencontré, il lui a offert de partir à sa place, et pas pour une grosse somme, car Jean-Louis n'est pas riche, et s'il l'avait été, il n'aurait pas quitté sa closerie.

Voilà comment on explique, tant bien que mal, le retour de Jean-Louis : aussi doit-on bien penser que sa première apparition a été le sujet de toutes les conversations.

— Avez-vous vu Jean-Louis, vous ?

— Si fait.

— A-t-y l'air sérieux ; hein ?

— J'crois bien !

— C'est donc ça l'effet qu'ça fait d'porter l'habit de soldat ?

— Y passe raide devant vous sans s'détourner.

— C'est qui s'croit encore à la manœuvre.

— J'y ai dit bonjour, il n'y a seulement pas fait attention.

— Là , voyez-vous c'te fierté !

— Et puis il est closier de Monsieur le Comte.

— Pas vrai ?

— Sûr comme je l'dis !

— A-t-y une chance !

Mais si les gens du village avaient pu pénétrer dans le cœur de Jean-Louis et savoir quelque chose de sa vie intime, ils eussent été encore bien plus étonnés.

Jean-Louis, lui aussi, a fait un sacrifice, mais il ne l'a pas fait de la même manière que Nanette : il est sérieux, il est triste il est fier, il est irritable ! Voilà ce que chacun peut voir, et la raison , on en est à la chercher. Il est pourtant closier de Monsieur le Comte, il a sa closerie, son jardin à lui… Oui, mais il est seul, seul dans son cœur comme dans sa propre maison.

Il avait rêvé pourtant autre chose autrefois quand il passait devant la closerie tant souhaitée et tant promise par le meilleur des maîtres ; il avait rêvé du bonheur, un bonheur qu'il ne trouve pas maintenant malgré le zèle, le travail, la probité qui tiennent si bonne compagnie au cœur de l'honnête homme ; pourquoi ? c'est qu'il a une blessure dans l'âme qui

ne lui permet plus de vivre d'espérance,
mais de souvenir ; et quel souvenir ! que
d'amertume il renferme !

L'affection de toute sa vie, celle qu'il
avait si fidèlement gardée depuis les jours
de sa petite enfance à la compagne de ses
jeux, plus tard à celle de ses premiers
travaux ; lorsque pendant les jours de la
.vendange, ils cueillaient ensemble les
grappes dorées, et que lui, qui était plus
fort et qui allait plus vite, glissait fur-
tivement dans le panier qu'elle avait dé-
posé à terre, les plus belles d'entre les
siennes. Elle, toute rouge ; le remerciait
du regard lorsqu'elle s'apercevait que le

panier s'était rempli presqu'à son insu. Puis il l'aidait à le porter, il était fort, lui, et pouvait bien en porter deux. Plus tard, encore plus tard, à la messe, à la sortie de vêpres, il se trouvait toujours près d'elle; heureux hasard! il pouvait toujours lui rendre quelque petit service : déranger une chaise sur son passage, lui donner la sienne quand il n'y en avait plus, ou lui apporter le parapluie de sa tante quand la pluie la prenait à la sortie. Jusqu'à ce qu'enfin plus tard et encore plus tard, elle n'acceptait plus ces petits services et lui donnait un simple bonjour en passant à côté de lui. Est-ce qu'il s'en fâchait ou en éprouvait de la peine? Oh non! seulement ils étaient plus embarrassés tous les deux. C'est alors que Jean-Louis s'était attaché plus que jamais au père Bonnard. C'était un si brave homme! et Jean-Louis, qui, hélas! n'avait plus ni père ni mère, croyait avoir retrouvé son père en lui parlant.

Et cependant Jean-Louis est revenu au village; il a passé, pour rentrer chez lui, devant la closerie du père Bonnard; il n'a pas détourné la tête, il ne l'a pas regardée non plus, il a marché droit devant lui d'un pas lourd, mais ferme.

Quand il est arrivé devant la porte de

la cave que lui a laissée son père, il n'a pas frappé, il n'y avait personne pour lui ouvrir. Il a tiré de sa poche la clef qu'il avait emportée à son départ, il a ouvert et il est entré dans la chambre déserte; il s'est approché du foyer où il n'y avait pas de feu, de la table où le souper n'était pas servi; il s'est assis sur la chaise où il avait l'habitude de s'asseoir... Il a pourtant habité cette maison seul pendant des années: il en sortait le matin, il y revenait le soir; il mettait comme aujourd'hui sa tête dans ses deux mains et pensait.... Mais aujourd'hui, seulement aujourd'hui, il s'est trouvé vraiment seul !

Pleurez, Jean-Louis, il y a des hommes qui pleurent, et ce sont les âmes les plus fortement trempées qui un jour, à un moment donné, trouvent leur soulagement dans les larmes. Malheureux ceux qu'un sentiment de fierté mal comprise empêche de rechercher cette dernière ressource de l'infortune : il n'y a que les grandes âmes qui pleurent, celles-là surtout qui n'ont rien à se reprocher. Pleurez ; vous êtes seul et vous pouvez pleurer, de peur que votre cœur ne se brise sous le poids qui l'oppresse ou ne se dessèche dans l'endurcissement !

Que si vous privez votre âme de cette

rosée, qui est aussi nécessaire à lui rendre sa vigueur que celle que Dieu répand l'est à toutes les plantes qui languissent et se courbent sous les rayons ardents du soleil d'été : que si vous l'en privez, vous vous relèverez plus sombre, mais vous ne vous relèverez pas plus fort ; plus amer, mais non plus calme ; plus injuste, mais non guéri ! Et pourquoi guérir ? cette Nanette, si douce, si aimable, si timide, a-t-elle vraiment cessé d'être tout ce qui vous la rendait chère ? Puis soyez équitable ; vous n'avez pas le droit de la haïr, non ; pas plus que vous n'avez le droit de l'aimer, droit qu'elle ne vous avait pas donné ni par un mot ni par un regard qui pût l'engager avant que vous n'eussiez demandé l'approbation de son père. Ce sentiment que vous aviez l'un pour l'autre, que vous ne vous êtes jamais avoué, est-il devenu plus solennel parce qu'il aurait disparu du cœur de l'un des deux? Quoi! avant qu'elle vous ait permis de l'aimer, vous vous permettez de la haïr; plus encore, de la mépriser! Et c'est par un regard, un regard qu'elle a rencontré la seule fois qu'elle vous ait aperçu depuis votre retour, sur les marches de l'église, un dimanche, que la pauvre enfant a appris vos nouveaux sentiments à son égard. Elle s'est enfuie d'abord , elle a pleuré dans sa chambrette de douleur et de surprise ; elle s'est rassurée ensuite ; elle s'est relevée plus forte de tout votre dédain qu'elle ne méritait pas. Ell a senti cet aiguillon des âmes pures , l'indignation, succéder à l'abattement, au désespoir. Elle s'est dit : Il pouvait m'oublier, il pouvait m'éviter, mais me regarder ainsi ? Oh Dieu ! il n'en a pas le droit, personne n'a le droit de me regarder ainsi.

Et c'est à partir de ce jour que Nanette n'a plus été la même, qu'elle s'est sentie plus courageuse, que la voix de sa conscience lui a suffi pour être heureuse , et qu'elle a pu se passer de l'estime d'un homme qui, après tout, ne méritait pas qu'elle lui donnât son cœur.

Oui, même alors, cette faute légère qu'elle a commise d'aller avec sa tante dans ce bal où il lui était d'ailleurs odieux de se trouver, cette faute même alors disparaît de son esprit, qu'elle remplissait jusque-là de si vifs remords. Il lui semble qu'elle ne l'a que trop pleurée, et, qu'après avoir obéi en cela à ses parents, elle ne devait plus même se demander si Jean-Louis l'aurait approuvée ou non. Et la perte de cet anneau, qu'elle craignait tant de lui raconter, et cette frayeur de la manière dont Jean-Louis la jugerait, qui la faisait trembler des pieds jusqu'à la tête au moindre bruit de pas qu'elle entendait autour de la maison, cette frayeur elle ne l'a plus. — Elle désire même, elle hâte de ses vœux le moment où elle pourra s'expliquer, non pas pour reconquérir l'estime de Jean - Louis, mais pour la décharge de sa conscience en vue du dépôt qu'il lui avait confié.

IV.

Les derniers mois d'hiver se sont écoulés, et le printemps est arrivé. Les feuilles
reparaissent, les oiseaux recommencent
à gazouiller, toute la nature se réjouit et
bénit Dieu ce bon père, qui la fait re-
naître du sein même de la mort. Bénissez
Dieu, ô vous, qu'il a créées et qu'il nour-
rit, créatures animées et inanimées ; ne
désespérez jamais de sa Providence, vous
surtout, créatures intelligentes, voyez
dans cette renaissance universelle l'image
de votre destinée, et dans ce brin d'herbe

qui renaît au printemps, contemplez l'i-
mage de votre propre résurrection. Luisez,
beau soleil, qui êtes l'image de la gloire
du Père éternel et de sa propre lumière,
réchauffez et vivifiez la terre et venez
avec les dons du printemps nous apporter
l'espérance !

Les jours sont plus longs, les travaux
plus longs aussi. Le père Bonnard rentre
tard à la closerie, toujours bien las. Sa
Nanette lui apporte une chaise, et le
père la baise au front. Sa tendresse pour
cette enfant va toujours croissant, et l'on
voit bien qu'elle est heureuse auprès de
ses bons parents. Ah ! sa maman ne la

caresse pas moins, et si on la suivait du regard, on la surprendrait, la bonne mère, jetant les yeux sur elle, ses yeux tout mouillés et murmurant : Si douce, si gentille ! est-il possible, mon Dieu ! il y en aura bien un qui fera son bonheur, lui !

Le père Bonnard a pris de l'âge : on dirait qu'une peine secrète lui travaille l'esprit, et pourtant jamais un mot, jamais un reproche, et même une fois il a fait faire silence à sa femme qui voulait se décharger le cœur.

Ce jour-là le soleil vient de se coucher, et, comme à l'ordinaire, la petite famille est assise autour de la table, et le souper est servi. On mange la soupe et la sardine, c'est samedi. Le petit, qui s'est piqué le gosier la veille avec une arête, mange une grande tartine de pain et de beurre, il en demande déjà une seconde avant d'avoir fini la première. Le père Bonnard vient de commencer seulement à manger sa soupe: c'est qu'il ne s'était pas aperçu que sa femme l'avait posée devant lui, tant il était plongé dans ses réflexions, c'est tous les soirs de même.

Le jour baisse beaucoup : Nanette s'en est aperçue, elle vient d'allumer la chandelle ; mais en passant devant la fenêtre, ses yeux sont tombés sur une chaise qui est placée là, comme un soir, hélas ! le pot de fleurs est là aussi, il a refleuri. Oh ! quel serrement de cœur.

Un bruit de pas précipités se fait entendre au même instant au dehors ; on s'arrête devant la porte, on frappe ; mais si fort que le père Bonnard lui-même laisse tomber sa cuillère et se dresse debout. Avant qu'il ait fini de dire : Entrez ! Jean-Louis est au milieu de la chambre ; mais si pâle, l'œil si hagard, que c'est effrayant de le voir, il jette un papier sur la table : sa voix est si étouffée qu'il ne peut pas articuler un son ; mais son geste indique qu'il faut le lire. Nanette s'est jetée au cou de sa mère, qui est là debout aussi, toute saisie, et ne sait rien dire à sa fille qui sanglotte à se briser la poitrine. Le père Bonnard, tout interdit, regarde Jean-Louis, puis le papier, puis Jean-Louis, puis encore le papier ; et comme si la confusion n'était pas assez grande, le petit, à qui toutes ces figures-là font peur, se met à jeter des cris affreux !

Cependant le closier commence à comprendre que toute l'explication de ce qu'il ne comprend pas est dans ce papier. Il le ramasse sur la table, l'approche de la chandelle, il l'élève, il l'abaisse, il le retourne en haut, en bas ; c'est tout de même. Enfin il se rappelle qu'il n'a pas beaucoup l'habitude de lire l'écriture, alors il le tend à Nanette avec un profond soupir : tiens ma fille, lis-nous ça. Mais la pauvre Nanette a toujours la figure cachée sur l'épaule de sa maman. Elle est hors d'état de rien entendre. Pourtant sa maman qui est revenue à elle avant tous les autres est impatiente d'en finir : Laisse-moi donc ; allons, petite, lâche-moi, il faut que tout ça s'éclaircisse ; oui, il faut que tout cela s'éclaircisse, et elle vient accompagner ces mots d'un regard courroucé à Jean-Louis ; mais le pauvre garçon a l'air si bouleversé, si suppliant, que le regard s'arrête à moitié chemin. Allons ! vous êtes tous des enfants, c'est moi qui va la lire, cette lettre, car c'en est bien une lettre ! Allons ! c'est tout mêlé... V'là le haut... Bone..., qu'est-ce que c'est que ça, Bone quoi ? Ah ! le 22 avril 18... 18... J'peux pas lire le numéro qui est après, mais c'est égal !

« Jean-Louis, la présente est afin de vous apprendre que je vous ai trompé. La pauvre Nanette, il n'y a pas de sa faute, vous pouvez m'en croire, je ne suis pas dans une situation à vous mentir, vu que je vais bientôt rendre mes comptes. Elle y a été à ce bal, mais c'est par une ruse et pour faire plaisir à ses parents ; et l'anneau qui lui a glissé du doigt sans qu'elle s'en soit aperçue, je l'ai ramassé, voilà tout. J'avais du noir dans l'âme à cette époque-là, Jean-Louis! mais je suis bien changé, allez! depuis que j'ai porté l'uniforme, il m'est venu d'autres idées.

« Hier donc, c'est hier que la balle m'est entrée dans la poitrine, et je sortirai de mon pauvre corps avant qu'elle en soit sortie. C'est quand j'ai pris le drapeau au porte-enseigne qui ne le tenait plus, vu qu'il était mort, que la mitraille des Arabes m'est arrivée. Mais il s'en est trouvé un autre qui me l'a pris à son tour. Je suis resté sur la place jusqu'après la bagarre, et il y avait quelque chose qui m'étouffait encore plus que la balle… La première bonne parole que je me suis entendu dire à l'oreille, c'était là, sur la place, que la mitraille sifflait encore à l'entour, et c'était l'aumônier du régiment qui m'a dit comme ça : Mon brave, n'avez-vous rien sur le cœur dont vous voudriez vous décharger ; s'il en est ainsi, je m'en charge. Il s'est mis là, à deux genoux, et je lui ai tout dit ; il y a eu un moment où je ne sentais plus la balle. C'est lui qui m'a dit de vous écrire et c'est lui qui le fait comme je lui dis, mot à mot.

« Jean-Louis, prenez Nanette pour votre femme, ça me fait plaisir d'y penser, et n'oubliez pas mon vieux père.

« Quand vous recevrez celle-ci, j'aurai déjà répondu à l'appel du grand Capitaine?

« Priez pour moi, vous autres, et n'en ayez pas de honte !

« Votre cousin,

« FRANÇOIS. »

Quand la mère Bonnard finit les dernières lignes, on ne l'entendait presque plus ; et quand elle eût achevé la dernière phrase, on n'entendit pendant quelques minutes que des sanglots dans la closerie.

Comprenez-vous à présent, dit enfin Jean-Louis, d'une voix entrecoupée ? Pour toute réponse le père Bonnard ouvrit ses deux grands bras et Jean-Louis s'y jeta, et ces deux hommes restèrent longtemps serrés l'un contre l'autre.

Et c'est la mère Bonnard qui cette fois s'est suspendue au cou de sa fille et pleure de tout son cœur. Mais le père Bonnard, le premier, se sent redevenir un homme. Il se dégage des deux bras de Jean-Louis, mais c'est pour lui prendre la main, et d'un air solennel, il s'avance vers Nanette, et prend aussi sa main et la met dans celle de Jean-Louis et les tient toutes les deux dans la sienne. Puis il élève la main qui est restée libre au-dessus de leurs têtes et dit avec un grand soupir : Dieu vous bénisse ! Jean-Louis n'a pas encore osé lever les yeux sur Nanette ; comme pour se donner du cœur, il va d'abord au plus loin chercher ceux de sa maman qui le regarde comme ferait le bon Dieu, et quand il ramène les siens sur Nanette, il voit bien qu'elle lui a pardonné ; alors il ne les détourne plus.

Mais le petit, qu'on a oublié pendant toute cette scène, n'a pas perdu son temps. Il a pris le grand couteau de son papa, et il a émietté en petites miettes le morceau de beurre qui devait servir pour toute la semaine ; mais ça ne fait rien !

— Eh bien ! est-ce que tu ne diras rien à Jean-Louis, toi, petit ?

— Tiens, c'est Jean-Louis ! il a une aut' figure ; pas vrai, papa ? Où donc qu'est ton chapeau, Jean-Louis, avec ses grands rubans? ..

— Tu l'auras, petit; j'te l'promets, si tu veux te faire militaire.

— Oh ! pour ça, dit la maman...

Et elle saisit dans le bahut une grande écuelle qu'elle découvre pour faire voir les gros sous et les petites pièces blanches dont elle est remplie : V'là son remplaçant !
Et s'il y a une autre Nanette dans ce temps-là, eh bien ! elle ne pleurera pas, celle-là !...

FIN.

9 782014 108125